I0566220

Début d'une série de documents
en couleur

COUVERTURES SUPERIEURE ET INFERIEURE D'IMPRIMEUR.

8°Y²
17322

Fin d'une série de documents
en couleur

LES VOLONTÉS
DE MADEMOISELLE NINI

—

4° SÉRIE IN-8°

8°Y²
17322

Alors on entendait de bruyants éclats de rire (page 9).

LES VOLONTÉS

DE MADEMOISELLE NINI

PAR

Mlle MARIE GUERRIER DE HAUPT

Cinq gravures.

LIMOGES
EUGÈNE ARDANT ET Cie
ÉDITEURS

LES VOLONTÉS

DE MADEMOISELLE NINI

I. — Quatre enfants bien malheureux.

Oh! oui, c'étaient vraiment des
enfants bien malheureux que ceux
avec lesquels nous allons faire connais-
sance !

Soignés par la meilleure des mères,
choyés, caressés, récompensés dès
qu'ils faisaient le moindre effort pour
remplir leurs devoirs ! et grondés si
doucement quand ils ne les remplis-
saient pas, que beaucoup de pauvres

enfants auraient encore envié comme
des jours de bonheur leurs jours de
tristesse et de punition !

L'hiver, à Paris, on travaillait un
peu — pas beaucoup — dans une
bonne chambre, bien chaude ; on s'en-
dormait tranquillement après avoir
prié Dieu auprès de la chère maman
qui tenait dans ses mains les petites
mains jointes !

L'été, à la campagne, on jouait à
l'ombre des grands arbres ; on courait
dans la prairie, on faisait des parties
de cache-cache avec un papa toujours
de bonne humeur, qui ne grondait
jamais, qui ne faisait jamais les gros
yeux !

Le papa prenait avec lui la petite
Nini, la plus jeune de ses filles, une
personne de cinq ans ; il l'asseyait sur

un tronc d'arbre renversé, puis il se
plaçait lui-même auprès d'elle, dans
les hautes herbes qui les cachaient à
demi et auxquelles il ajoutait encore
des branches d'arbres et de menues
broussailles pour que les autres enfants
ne pussent les apercevoir.

Alors on entendait de grands cris et
de bruyants éclats de rire; c'étaient
Berthe et Antoine, avec le petit Gaston, qui cherchaient leur sœur et leur
papa. Les maladroits passaient vingt
fois auprès de la cachette sans se dou-
ter de rien; et Nini riait! oh! grand
Dieu! comme elle riait! Elle fourrait
ses petites mains dans sa bouche, au
risque de s'étouffer, pour que le bruit
de ses rires n'indiquât pas aux autres
enfants l'endroit où elle était cachée.
Mais en dépit de toutes ses précautions,

la petite imprudente finissait par se
trahir. Et Antoine accourait, puis Berthe, puis Gaston ; ils enlevaient les
broussailles, ils arrachaient même les
hautes herbes, ils travaillaient avec
tant d'ardeur, qu'ils auraient même
pu faire mal à Nini, si le cher papa
n'eût pas été là pour la garantir de
leurs mouvements parfois un peu trop
brusques.

Et l'on riait, et l'on criait de plus
belle ! Puis on recommençait jusqu'au
moment où le papa, voyant ses enfants
rouges, haletants, ébouriffés, n'en pou-
vant plus, déclarait qu'il était temps
d'aller se reposer.

Oh ! oui, c'étaient des enfants bien
malheureux que nos quatre petits
amis !

Il ne faut pas croire cependant qu'ils

menaient une vie complètement inoc-
cupée.

Antoine, l'aîné, qui avait déjà onze
ans, allait au collége, et ses profes-
seurs louaient beaucoup son applica-
tion et son goût pour l'étude.

Berthe était une raisonnable petite
personne de neuf ans, calme et soi-
gneuse, qui prenait, vis-à-vis de Gaston et de Nini, des airs de petite maman
à faire mourir de rire.

Gaston, le plus jeune de la bande,
n'avait pas encore quatre ans. C'était
un gros petit bonhomme, sans souci,
enfant gâté de toute la maison, mais
qui n'abusait pas trop de ses privilé-
ges et qui endurait assez patiemment
les caprices de mademoiselle Nini

Car mademoiselle Nini, que nous
venons de voir de très-bonne humeur

parce qu'elle s'amusait beaucoup,
n'était pas toujours dans des disposi-
tions aussi pacifiques.

Malgré tout notre désir de ne pré-
senter à vos yeux que de petits per-
sonnages doués de toutes les perfec-
tions, force nous est d'avouer que Nini
avait un terrible défaut.

Elle était extraordinairement volontaire.

Et comme il arrive d'habitude en
pareil cas, ce défaut en entraînait plusieurs autres à sa suite. Nini, par cette
seule raison qu'elle était volontaire,
était aussi violente, taquine, capricieuse, obstinée, et commettait parfois
des actions qui, aux yeux de bien des
gens, auraient pu la faire passer pour
méchante.

C'est là un affreux portrait ! direz-vous; et cette petite Nini avait un caractère détestable !

Son caractère n'était pas bon, il est vrai ! Mais pourtant je vous assure que Nini était loin d'avoir un mauvais cœur. On l'avait vue, maintes fois, quand elle n'était pas entraînée au mal par la colère, donner à de pauvres petits enfants la moitié de son déjeuner. Lorsqu'elle était de bonne humeur, elle partageait volontiers ses jouets ou ses bonbons avec son frère, et se réservait même la moins bonne part. Nini n'était donc pas méchante.

Mais c'étaient ces malheureuses colères qui gâtaient tout et qui empêchaient même d'apercevoir les excellentes qualités de la petite fille !

Ainsi, de même que ses frères et sa sœur, elle aimait passionnément les animaux, surtout quand ils étaient petits. On la rencontrait presque toujours avec un chien ou un chat dans les bras; et quand elle était calme, elle prenait plaisir à les caresser ou à leur donner des friandises.

Et pourtant tous les animaux la fuyaient, tandis qu'ils aimaient Berthe et lui obéissaient. C'est que Berthe ne les tourmentait pas; jamais elle ne les obligeait de céder à ses caprices; jamais elle ne les retenait de force sur ses genoux, quand ils voulaient courir et s'ébattre en liberté.

Nini aurait voulu que ces êtres privés de raison cédassent à tous ses caprices, comme le faisaient Antoine et Berthe. Les animaux d'une nature pacifique se résignaient encore à devenir ses victimes; les oiseaux qui rem-

La moindre contrariété lui faisait oublier ses promesses (page 20)

plissaient une grande volière placée
au bout de l'orangerie et qu'elle retenait dans sa main malgré leurs efforts
pour lui échapper, les petits agneaux
qu'elle empêchait d'aller rejoindre leur
mère et qui faisaient entendre des
bêlements plaintifs, ne pouvaient se
révolter contre sa tyrannie ; mais il en
était d'autres qui, parfois, lui faisaient
payer cher ses caprices et sa brusque-
rie à leur égard.

Les pigeons familiers, habitués à
venir manger dans la main des autres
enfants, fuyaient à son approche ; et
quand elle réussissait à s'emparer de
l'un d'eux, le petit furieux lui donnait
de bons coups de bec et la frappait si
fort au visage en agitant ses ailes pour
lui échapper, que l'enfant obstinée en
portait longtemps les marques.

Les beaux chats angoras, qui suivaient Berthe pour obtenir d'elle une caresse, juraient contre Nini et l'égratignaient dès qu'elle avançait la main pour les prendre. Aussi avait-elle pour des gros chats. Elle n'osait guère s'emparer que des tout petits, qui n'avaient point encore la force de lui résister ; mais alors il arrivait souvent qu'elle s'attirait de terribles coups de griffes de la part de la maman chatte, qui craignait qu'on ne maltraitât ses petits.

Il n'était pas jusqu'à Finette, la meilleure bête qu'on eût jamais vue, qui de temps en temps ne montrât les dents à la pauvre Nini ! Pourtant Finette appartenait à cette bonne race de caniches, douée d'une patience à toute épreuve et qui semble créée tout

exprès pour servir de souffre-douleurs
à ces jolis despotes qui abusent souvent de la faiblesse paternelle ou
maternelle pour commettre de vérita-
bles cruautés. Il fallait, pour motiver
de la part de Finette une façon d'agir
si contraire à ses habitudes, que Nini
l'eût complètement poussée à bout. Et
encore, telle était l'excellente nature
de la bonne bête, que seule, parmi tous
les animaux domestiques qui se trouvaient à la maison, elle allait de temps
en temps lécher la main de Nini et
consentait, quoique avec une répu-
gnance visible, à partager ses jeux, à
se laisser atteler au petit chariot dans
lequel l'enfant promenait sa poupée,
enfin à se prêter à ses exigences, qui,
on le devine, étaient nombreuses.

La maman de Nini se désolait en

voyant le caractère de sa petite fille devenir chaque jour plus violent. Mais les remontrances restaient sans effet; le naturel était plus fort que les meilleures résolutions. Au moment où Nini venait de promettre à sa mère qu'elle serait désormais plus douce, la moindre contrariété, la plus légère contradiction suffisait pour lui faire oublier toutes ses promesses, pour la mettre en fureur, la faire trépigner, crier et briser ceux de ses jouets qui se trouvaient sous sa main. Son père, qui la gâtait beaucoup, assurait que ce défaut se passerait avec l'âge; mais sa mère, qui l'observait plus attentivement, pensait qu'une sévère leçon serait indispensable pour la corriger.

Or, quelle leçon sévère peut-on donner à une enfant de cinq ans?

— Une circonstance imprévue ou plutôt son malheureux défaut lui-même amènera peut-être la leçon dont ma pauvre petite fille a si grand besoin! disait parfois sa mère avec tristesse.

II.   Douceur et violence.

Autant Nini était capricieuse et emportée, autant Berthe était douce et soumise. Aussi cette dernière cédait-elle toujours à sa jeune sœur, tout en la reprenant doucement de ses torts; ce que mademoiselle Nini n'endurait pas avec une patience exemplaire.

Un jour on fit cadeau à Berthe d'un charmant petit agneau, blanc comme

la neige, et dont la laine était si douce,
si bien frisée, qu'on l'aurait pris pour
un de ces moutons imités que les
marchands de jouets exposent, à l'approche du jour de l'an, aux regards
des enfants émerveillés.

Seulement, Bé-bé avait sur les moutons en carton une grande supériorité,
car il était vivant. Il mangeait très-
bien de l'herbe tendre dans la main
de sa petite maîtresse, et pour en
avoir encore il suivait Berthe en bêlant
tout doucement et en agitant la jolie
clochette qu'on avait suspendue à son
cou.

Je laisse à penser si Berthe fut heu-
reuse d'un si charmant cadeau !

Pendant plusieurs jours elle ne son-
gea qu'au petit agneau, qu'en bonne
sœur elle s'efforça d'habituer à rece-

voir aussi les caresses et les soins de Nini.

D'abord tout alla bien. Nini, peu familière encore avec le nouveau venu, le traitait avec un certain respect, et le petit animal mangeait aussi volontiers dans sa main que dans celle de Berthe; il suivait indifféremment l'une ou l'autre des deux sœurs quand il les rencontrait dans le parc.

Nini était enchantée. Mais bientôt ces amusements paisibles ne suffirent plus à la petite capricieuse. Elle voulut, comme elle le faisait d'ordinaire pour tous les animaux qui devenaient ses souffre-douleurs, associer Bé-bé à ses jeux. Berthe, qui savait bien que la pauvre bête serait victime de la violence de sa sœur, essaya d'abord de s'y opposer; mais la douce et patiente petite fille n'était guère capable de résister longtemps aux volontés impérieuses de mademoiselle Nini.

Un jour, Berthe allait prendre sa leçon de piano; Nini, qui, trop jeune encore pour étudier sérieusement, plaçait sa poupée dans un petit chariot pour la conduire dans le parc, dit tout à coup :

— Berthe ! laisse-moi emmener Bébé; il traînera la voiture de ma poupée.

— Non, mignonne, c'est impossible, répondit Berthe. Cela tourmenterait le pauvre petit. D'ailleurs tu sais bien qu'il est un peu malade, et le fermier a dit hier qu'il faut le laisser tranquille pendant plusieurs jours si on ne veut pas le faire mourir.

— Ça m'est bien égal ! cria l'enfant gâtée, se mutinant déjà en présence de cette résistance inattendue; je veux jouer avec Bé-bé, moi! Je veux qu'il traîne la voiture de ma poupée!

— Ne te fâche pas, ma petite Nini chérie, reprit Berthe; quand le petit agneau sera guéri, je te laisserai jouer un peu avec lui, si tu veux ne pas lui faire de mal; mais aujourd'hui il n'est pas même dans le parc, on l'a mené à la prairie.

— Eh bien! Jean ira le chercher! Je veux Bé-bé, je le veux! fit encore la petite volontaire, qui cette fois se mit à pousser les hauts cris.

— Non, Nini, je t'en prie, supplia Berthe; amuse-toi avec ta poupée, ne tourmente pas mon pauvre Bé-bé. Si tu l'ennuies, il ne t'aimera plus, il ne voudra plus aller avec toi, et tu auras encore du chagrin.

— Ça m'est égal ! répétait l'enfant
gâtée ; je veux Bé-bé, je veux que Jean
aille le chercher, je veux que le petit
mouton traîne la voiture de ma poupée !

Elle trépignait, son visage était tout
rouge, les veines de son cou se gon-
flaient par les efforts qu'elle faisait
pour crier ; ses traits étaient contractés
d'une manière effrayante.

Berthe eut peur, et elle céda.

C'était presque toujours ainsi que les
choses se passaient.

Jean reçut l'ordre d'aller chercher le
petit agneau, et celui-ci, habitué à sui-
vre indifféremment Berthe ou Nini, se
laissa docilement conduire dans le parc
par cette dernière.

L'enfant, toute joyeuse du triomphe
qu'elle venait de remporter, accabla
d'abord Bé-bé de caresses ; elle cueillit,

des fleurs et en tressa une couronne qu'elle lui attacha autour du cou ; puis vint enfin le moment fatal de mettre à exécution son grand projet, c'est-à-dire de faire traîner par l'agneau la voiture de la poupée.

Bé-bé, incapable do deviner le dessein de sa petite maîtresse, ne fit aucune difficulté pour laisser attacher autour de ses jambes deux longs cordons qui se réunissaient au bâton servant à tirer la petite voiture. Mais quand il s'agit de marcher, suivi de tout cet attirail, l'animal se permit à son tour d'avoir une volonté, et refusa net d'avancer.

— Attends ! attends ! lui cria Nini, en le frappant d'un petit bâton qu'elle tenait à la main ; tu vas être corrigé.

Bé-bé n'était pas habitué à un pareil

traitement; il se révolta tout à fait,
voulut s'enfuir, et en se débattant
cassa les cordons qui l'attachaient à la
voiture.

—Méchant! vilain! mauvais Bé-bé!
criait Nini furieuse; ah! tu ne veux
pas m'obéir! Eh bien! je vais te mettre en pénitence!

Joignant aussitôt l'action à la
menace, elle tira son mouchoir de sa
poche, le tordit, et s'agenouillant
devant l'agneau, elle se mit en devoir
de lui nouer bien solidement le mouchoir autour du cou.

Cela fait, elle réunit les deux cordons de la voiture, les passa dans ce
collier d'un nouveau genre et attacha
l'agneau à un arbre.

—Là! fit-elle en contemplant son
ouvrage d'un air satisfait; te voilà en

Elle tira son mouchoir et se mit en devoir de le lui nouer autour du cou (page 28)

pénitence! Tu y resteras jusqu'à demain!

Le pauvre animal se débattait tant qu'il pouvait pour recouvrer sa liberté; mais plus il se démenait, plus il serrait le mouchoir autour de son cou, si bien qu'il était en grand danger d'être étranglé.

Mais Nini s'occupait bien de cela, vraiment! Sa mauvaise humeur était passée depuis qu'elle avait puni la tentative de rébellion de Bé-bé, et elle jouait paisiblement avec sa poupée.

Cependant Berthe, inquiète du sort de son agneau, se hâta, dès que sa leçon fut terminée, de courir rejoindre sa sœur.

— Où est Bé-bé? s'écria-t-elle toute haletante.

Pour toute réponse Nini, triom-

phante, lui montra l'agneau qui, à
moitié étranglé, avait presque cessé de
se débattre.

— Ah ! le pauvre petit ! s'écria Berthe, qui, malgré les réclamations de
Nini, détacha bien vite l'animal et lui
prodigua les soins les plus tendres.

— Tu es méchante, Berthe ! fit la
petite despote, je ne t'aime plus ! Bé-bé
a fait des sottises, il fallait le laisser
en pénitence !

Berthe, toujours bonne et douce,
était fort embarrassée. D'une part, elle
ne pouvait se résoudre à laisser l'a-
gneau en danger d'être étranglé ; d'autre part, elle était sincèrement affligée
de contrarier sa petite sœur. Son bon
cœur lui fit trouver le moyen de tout
arranger. Huit jours plus tôt, on lui
avait donné un magnifique ménage

de porcelaine, qui avait excité au plus haut point l'admiration de Nini.

— Ecoute, dit l'aimable petite fille, laisse-moi soigner Bé-bé, et je te donne mon beau ménage.

— Vrai? s'écria Nini émerveillée.

— Vrai!

— Oh! quel bonheur! Garde ton vilain Bé-bé! Moi je vais jouer avec mon beau ménage!

Et Nini, chez qui la même impression ne durait jamais longtemps, rentra bien vite à la maison, laissant sa sœur tout occupée des soins qu'elle donnait au petit agneau.

Celui-ci, fort heureusement, n'eut point à souffrir des suites de l'aventure, mais à dater de ce jour, il s'opéra chez lui un notable changement dans sa

manière d'être à l'égard des deux
sœurs.

Vis-à-vis de Berthe, il se montra
plus doux et plus affectueux que jamais,
la suivant partout comme un chien
fidèle, bêlant tristement quand elle
s'éloignait, accourant comme un petit
fou à sa rencontre du plus loin qu'il
l'apercevait.

Quant à Nini, sa présence paraissait
lui causer la terreur la plus vive; si
elle l'appelait, il s'éloignait bien vite
et allait se cacher dans quelque coin,
d'où il devenait impossible de le faire
sortir. Berthe elle-même ne réussissait qu'avec peine à le retenir près
d'elle quand sa sœur y était; on aurait
dit que le gentil animal comprenait
combien sa douce petite maîtresse était
peu capable d'opposer une résistance

sérieuse aux caprices déraisonnables de Nini.

— Vois comme ton agneau est vilain ! disait alors cette dernière ; il ne veut jamais manger dans ma main ; il se sauve dès qu'il me voit ; il n'est pas du tout apprivoisé !

Berthe alors souriait doucement et pensait qu'avec elle Bé-bé mangeait fort bien dans la main et se montrait fort apprivoisé.

Mais la crainte de fâcher sa sœur l'empêchait de dire tout haut son avis.

C'est ainsi que Nini, de plus en plus gâtée, grandissait sans se corriger d'un défaut qui menaçait de la rendre plus tard très-malheureuse, ainsi que toutes les personnes qui devraient vivre avec elle.

III. — Le crime de Nini.

La maman de Nini, voyant le caractère de sa petite fille devenir de plus en plus violent, essaya de la garder presque constamment auprès d'elle, pensant que ses caresses, ses doux conseils calmeraient peut-être la nature irascible de l'enfant. Mais, nous l'avons dit, le mal était déjà trop enraciné, et pour y porter remède on ne pouvait espérer que dans quelqu'une de ces circonstances imprévues, comme la Providence en suscite parfois, pour venir en aide aux parents dont les enfants ne peuvent être guéris par les tendres réprimandes de la famille.

La maman de Nini, laissant ses autres enfants aux soins d'une gouvernante, s'astreignait à mener chaque jour elle-même la petite indomptée à la promenade. Mais Nini ne craignait pas plus sa mère que sa gouvernante. Vingt fois peut-être, pendant chacune de ces promenades, elle se livrait à des accès de colère que rien ne pouvait calmer et que le moindre obstacle à ses caprices suffisait pour faire naître. Le malheur, c'est que ses caprices n'étaient pas toujours aisés à satisfaire ! Il s'en fallait de tout ! Aussi la pauvre maman se désolait—elle de ne pouvoir rendre la petite douce et patiente comme sa sœur aînée.

Un matin, la femme de charge vint annoncer que Finette, la bonne chienne dont nous avons déjà parlé, avait trois

jolis petits chiens. Naturellement Nini
se montra fort empressée de faire con-
naissance avec eux, et elle n'eut pas
de cesse qu'on ne lui eût promis de la
mener les voir le jour même.

Donc, lorsque l'heure de la promenade arriva, la petite fille et sa maman
se dirigèrent vers un hangar, cons-
truit près de la clôture du parc, afin
d'y serrer la provision de bois pour
l'hiver, et que Finette avait choisi pour
y loger sa petite famille.

Nini était d'une humeur charmante ;
tout le long du chemin elle parla du
plaisir qu'elle aurait à voir les petits
animaux, que la femme de charge
disait très-jolis, et elle parut avoir
complètement renoncé à ses caprices
habituels.

Après avoir marché dans le parc

pendant assez longtemps, on ouvrit
une petite barrière placée à côté du
hangar en question, qui se trouvait,
comme nous l'avons dit, adossé à la
haie de clôture, mais dont l'entrée
donnait dans une cour de la ferme.

Finette s'était installée tout au fond
de ce hangar, dans un endroit où les
planches avaient été ôtées pour quelque réparation, et où la haie seule ser-
vait de fermeture, de sorte que l'intel-
ligente bête avait ainsi l'avantage
d'être abritée contre le vent et la pluie
et de jouir pourtant du grand air et de
la vue des arbres.

En voyant approcher les visiteuses,
Finette leva vers elles ses grands yeux
expressifs, et sembla les prier de ne
pas faire de mal aux petits chiens qui
étaient près d'elle.

— N'aie pas peur, ma bonne bête, lui dit la dame en se baissant pour la caresser, nous ne toucherons pas à ces pauvres petits. Vois, Nini, comme ils sont gentils.

Nini s'approcha et admira surtout un petit chien blanc comme neige, mais dont l'oreille droite était d'un noir magnifique.

Après avoir bien regardé, la petite se mit à dire :

— Je voudrais prendre le petit chien blanc dans mes mains.

— Non, dit la maman c'est impossible. Finette se fâcherait et le petit chien mourrait si on l'éloignait de sa mère, ne fût-ce qu'un instant.

— Ça m'est égal! je veux avoir le petit chien, moi! cria l'enfant volontaire.

Sa mère l'entraîna malgré sa résistance (page 43).

Les choses menaçaient de se gâter ; déjà Nini donnait des signes évidents d'impatience ; aussi sa maman jugea-t-elle à propos de l'éloigner au plus vite.

Elle la prit par la main pour l'emmener ; mais Nini résista :

— Je ne veux pas m'en aller ! Je veux avoir le petit chien ! ne cessait-elle de répéter.

Sa mère l'entraîna malgré sa résistance et la fit entrer dans le parc, dont elle prit soin de refermer la porte.

— Maintenant, lui dit-elle sévèrement, tu peux à ton gré t'amuser ou te mettre en colère, courir dans les allées ou marcher tranquillement près de moi ; je m'occuperai de toi lorsque ta mauvaise humeur sera passée.

Et, tirant un livre de sa poche, elle

se mit tranquillement à lire en mar-
chant, laissant la petite capricieuse
livrée à ses propres inspirations,
bonnes ou mauvaises.

Tout ceci s'était passé en moins de
temps qu'il n'en faut pour le raconter.

Nini, ainsi abandonnée à elle-même,
fut un instant déconcertée. Puis, en
voyant sa mère s'éloigner sans la
regarder, elle se mit à pousser des cris
perçants, comme si on lui eût fait
beaucoup de mal.

Mais ce moyen échoua complètement ; sa maman ne se retourna même
pas.

Une malheureuse pensée, soufflée
sans doute par son mauvais ange, vint
à l'esprit de l'enfant gâtée.

L'endroit où était Finette se trouvait,
on le sait, de l'autre côté de la haie de

clôture. Mais cette haie était elle-même séparée par un fossé rempli de grandes herbes de l'allée du parc où étaient alors Nini et sa mère, aussi cette dernière devait-elle croire sa fille parfaitement en sûreté, puisqu'il lui était impossible de sortir du parc.

Cependant, après quelques instants d'un silence plus inquiétant pour elle que les cris dont il avait été précédé, la maman se retourna pour voir ce que devenait l'enfant.

Elle ne l'aperçut plus.

En proie à une anxiété bien compréhensible, elle revint précipitamment sur ses pas. Arrivée en face du hangar, un grondement de colère qu'elle entendit la fit regarder dans cette direction. Elle aperçut alors mademoiselle Nini, qui était descendue dans le fossé, avait franchi le talus, et qui, agenouillée près de la haie, au milieu des herbes qui la cachaient presque entièrement, s'efforçait, en passant son petit bras à travers les buissons, de saisir l'animal, objet de sa convoitise.

Finette, alarmée, non sans cause, de cette invasion de son domicile, montrait les dents et grondait avec fureur, malgré la douceur habituelle de son caractère. Mais Nini, sans s'inquiéter de cette attitude menaçante, approchait de plus en plus sa main du petit chien, qu'elle allait certainement atteindre, à moins — ce à quoi il était permis de s'attendre d'après les apparences — que Finette n'y mît ordre par un bon coup de dent motivé dans cette occasion par le cas de légitime défense.

La maman, comprenant aussitôt le danger auquel s'exposait l'enfant terrible, franchit à son tour le fossé et la prenant dans ses bras l'emporta, malgré sa résistance et les efforts qu'elle faisait pour s'accrocher aux branches des arbres et même aux buissons qui lui écorchaient les mains.

Nini fit si bien que sa maman, après avoir descendu le talus, dut la poser un instant par terre dans le fossé — heureusement à sec — tout en continuant de la retenir, avant de gravir le second talus qui les séparait de l'allée.

Or, en cherchant encore à se débattre, la petite ramassa sans réflexion, un assez gros caillou, qu'un malheureux hasard avait placé sous sa main.

Et comme, au moment où sa mère l'enlevait de nouveau, son oreille fut frappée des grondements de Finette, non encore remise de son effroi, la méchante petite fille qui, dans le paroxysme de sa colère, ne se connaissait plus, lança de toutes ses forces le caillou par-dessus la haie.

Un petit cri, suivi d'un long et plaintif hurlement de douleur, suivit cette action indigne.

— Qu'avez-vous fait, mademoiselle ? Qu'avez-vous jeté ? demanda vivement la maman.

Mais l'enfant criait toujours et ne répondait pas.

Sa mère qui, fort émue elle-même, n'avait pu se rendre un compte bien exact de ce qui s'était passé, crut que le hurlement de Finette était causé par la peur et elle se hâta de ramener à la maison mademoiselle Nini, qui finit par se calmer assez pour comprendre les remontrances qu'on lui adressa.

Le soir, tout semblait fini, et les enfants, réunis dans le salon après dîner, se demandaient quel jeu ils allaient choisir, lorsqu'on gratta faiblement à la porte.

— C'est Finette! c'est ma bonne Finette, qui vient chercher un morceau de sucre! s'écria Berthe en courant ouvrir.

C'était bien Finette, en effet, mais Finette triste, morne, laissant après elle une longue traînée de sang, et tenant dans sa gueule le cadavre d'un tout petit chien blanc, qu'elle vint déposer aux pieds du père de Nini comme pour lui demander justice.

Un cri d'horreur s'échappa de toutes les poitrines.

3

Nini et sa mère gardèrent seules le silence. La première baissait la tête avec confusion, la seconde regardait sa fille d'un air sévère. Toutes deux avaient compris.

— Pauvre Finette ! s'écria le père de famille. Qui donc a eu la cruauté de tuer ton enfant ?

— Je vais vous le dire, fit la maman.

Et elle raconta tout ce qui s'était passé le matin.

En l'écoutant, les autres enfants s'éloignaient avec horreur de la méchante petite fille, auteur d'une pareille cruauté.

Lorsque le récit fut terminé, tout le monde garda le silence ; nul ne trouvait de paroles assez fortes pour exprimer son indignation.

La pauvre Finette, immobile au

milieu du cercle, tournait alternative-
ment ses regards vers chacun des assis-
tants, et la patte posée sur le corps de
la petite victime, semblait prier ceux
qui l'aimaient de lui rendre son enfant.

Nini, incapable de supporter plus
longtemps ce spectacle, s'enfuit dans
sa chambre pour y cacher ses larmes
et sa confusion.

Sa gouvernante la suivit pour l'aider
à se coucher, mais ni son père, ni sa
mère ne lui donnèrent ce jour-là le
baiser du soir.

IV. Remords salutaires.

La petite coupable dormit mal, ou
plutôt ne dormit pas du tout cette

nuit-là. Elle croyait toujours entendre
les cris plaintifs de Finette; elle
croyait toujours voir l'nnocente petite
bête qui ne lui avait fait aucun mal,
et qu'elle avait tuée dans un mouve-
ment de colère irréfléchie.

Car elle avait tué! elle, Nini! force
était bien d'en convenir, quelque pénible que fût cette pensée! Elle avait
tué une créature à qui le Seigneur
avait donné la vie! une petite bête à
l'instinct doux et affectueux qui, un
jour peut-être, si elle, Nini, se fût
montrée bonne à son égard, l'aurait
aimée, serait venue lécher sa main ou
témoigner par de joyeux ébats de
bonheur qu'elle avait de la voir!

Un secret instinct de justice lui
criait au fond de l'âme : Quel droit
avais-tu, cruelle enfant, de détruire

ce que Dieu avait créé? Es-tu capable
de remplacer une seule des œuvres
divines, même la plus petite, même la
moins parfaite? Comment donc oses-tu
réduire à néant ces êtres qui ne t'ap-
partiennent pas, qui sont, comme toi,
des créatures de Dieu?

— Mais, disait tout bas l'instinct de
vanité qui nous pousse, tous, tant que
nous sommes, petits et grands, à chercher des excuses, même aux moins
excusables de nos fautes; mais Finette
aussi avait été méchante, elle avait
juré contre moi quand j'avais voulu
prendre le petit chien.

— D'accord, reprenait la voix de la
conscience; mais Finette n'était-elle
pas dans son droit en défendant la
liberté de son enfant? Fallait-il, parce
qu'elle ne voulait pas te permettre de

le torturer à ton gré, tuer un pauvre animal sans défense, le tuer en présence de sa mère, inonder celle-ci du sang de son enfant?

— Je n'avais pas l'intention de le tuer, murmurait d'un ton moins assuré la voix qui plaidait en faveur de la coupable.

— Tu n'en avais pas l'intention; mais si ta volonté n'a pas commis le meurtre, ta volonté a ramassé la pierre qui devait tuer, ta volonté a dirigé le bras qui a lancé cette pierre! tu es donc seule coupable, et malgré tes excuses, tu sais fort bien que, sans toi, la pauvre Finette ne ferait pas, à cette heure, entendre des gémissements lugubres qui retentissent dans le silence de la nuit et troublent ton sommeil comme la voix du remords.

Antoine portait une bêche empruntée au jardinier (page 62).

Pendant cette nuit d'insomnie, Nini, vraiment à plaindre malgré ses fautes, fit plus de sérieuses réflexions qu'elle n'en avait fait pendant toute sa vie.

On répète quelquefois à tort, en parlant de jeunes enfants :

— Il est trop petit, il ne comprend pas !

Dans l'esprit d'enfants de cinq à six ans, il s'opère parfois, sous l'empire de certaines circonstances qui frappent vivement leur imagination, un travail dont on ne tient pas assez compte, et qui les rend capables de comprendre des choses en apparence bien au-dessus de leur portée.

Nini, en se levant le lendemain du jour où s'étaient passés les mémorables événements que nous avons racontés, avait un air grave bien différent de la

mutinerie par laquelle la petite volontaire se faisait habituellement remar-
quer.

Après avoir dit ses prières avec une
ferveur jusque-là sans exemple, notre
héroïne alla trouver sa mère.

— Maman, dit-elle presque à voix
basse et les yeux pleins de larmes de
repentir, j'ai été bien, bien méchante
hier.

— Oui, ma fille, répondit froidement
sa mère sans la regarder, vous avez,
en effet, été bien méchante ; plus
encore, vous avez été bien cruelle.

— Je sais, je sais ! Oh ! pardon, ma
petite mère chérie, pardon, embrassez-
moi ! je ne serai plus méchante, je
serai bonne comme ma sœur ! pardon-
nez-moi, je vous en prie ! s'écria la

petite fille, dont les sanglots éclatèrent avec violence.

Il n'y a pas d'exemple qu'une mère ait jamais pu résister aux larmes et aux prières de son enfant. Celle de Nini fît ce qu'aurait fait toute autre mère en pareil cas, elle ouvrit ses bras à la petite coupable, qui s'y précipita en pleurant à chaudes larmes.

Le désespoir de la pauvre Nini était si grand, que son excellente mère se vit forcée de la consoler au lieu de lui adresser les reproches qu'avait mérités sa conduite.

Certainement nulle, parmi nos gentilles lectrices, ne serait capable de commettre une action aussi mauvaise que celle de notre petite héroïne. Mais si quelques-unes d'entre elles, entraînées par l'étourderie de leur âge, ont

eu parfois à se reprocher des fautes
légères, elles doivent avoir gardé le
souvenir de ces douces paroles que
savent trouver les mères, partagées
entre le désir de produire sur l'esprit
de leur enfant une impression salu-
taire qui le mette pour l'avenir à l'abri
de nouvelles fautes, et la crainte de
causer au petit être, confié à leurs
soins par la Providence divine, un
chagrin trop grand, susceptible de
nuire à sa santé.

Elles reconnaîtront sans doute alors
le langage de leurs mères dans celui
que tenait la maman de Nini en
embrassant sa fille et en séchant ses
larmes.

— Ne pleure pas si fort, mignonne,
disait-elle, tu vas te rendre malade.
Certainement, ce que tu as fait est

extrêmement vilain; mais puisque tu le regrettes, le bon Dieu, qui lit dans le cœur des petits enfants, te pardonnera. Tu ne te mettras plus en colère, n'est-ce pas? Allons! ne recommence pas à pleurer; ta petite tête est brûlante, viens avec moi au jardin, l'air te fera du bien.

Nini, docile et douce comme elle ne l'avait jamais été, ne fit aucune observation quand on lui couvrit la tête d'un petit chapeau qui devait la garantir de l'ardeur du soleil, et qu'habituellement on ne pouvait la décider à mettre. Puis elle suivit sa mère dans le jardin, non sans pousser de gros soupirs en songeant à sa triste aventure. Or, à peine avaient-elles fait dix pas dans la grande allée, que les autres enfants sortirent à leur tour de la maison.

Nini se retourna en entendant les
voix de ses frères et de sa sœur, et vit
qu'il ne s'agissait pas d'une de leurs
récréations habituelles.

Antoine portait une bêche qu'il
venait d'emprunter au jardinier; Berthe marchait à côté de lui, portant
dans ses bras un de ses favoris, un
petit chat, à peine âgé de six semaines,
que Minette, la maman chatte, suivait
paisiblement, sans donner le moindre
signe d'inquiétude, comme si elle eût
été persuadée que le petit animal était
parfaitement en sûreté entre les mains
de Berthe. Enfin Gaston tenait le petit
chien dont le trépas avait pris pour
les quatre enfants les porportions d'un
véritable événement. Il était suivi de
Finette, qui, abandonnant les vivants
pour le mort, marchait la tête basse

en poussant de petits cris plaintifs.

La maman de Nini, comprenant ce dont il s'agissait, fit signe aux enfants de s'éloigner pour ne pas causer à la petite fille une émotion trop pénible. Mais celle-ci avait aussi deviné qu'on allait cacher le petit chien sous la terre afin de l'ôter de la vue de Finette, qui refusait absolument toute nourriture et aurait fini par mourir à son tour ; et Nini déclara qu'elle voulait se joindre aux autres enfants.

—Cela te fera trop de peine, lui dit sa mère.

— C'est pour me rendre bonne ; laisse-moi aller, je ten prie! fit la petite, joignant les mains d'un air suppliant.

La maman crut devoir consentir, et Antoine se mit en devoir de creuser un trou dans la terre. Finette observait ce travail avec une attention surprenante; Gaston, qui avait posé son fardeau par terre, ouvrait de grands yeux et ne perdait pas un détail de cette scène, qui, c'était visible, l'impressionnait fortement. Nini pleurait à chaudes larmes, et Berthe, toujours bonne, s'efforçait de la consoler.

— Tiens, lui dit l'excellente enfant en mettant dans les bras de sa sœur le chat qu'elle tenait, vois comme il est mignon.

Mais ceci ne parut pas du goût de madame Minette, qui se mit à gronder en faisant le gros dos lorsqu'elle vit le petit chat entre les mains de Nini.

— Tu vois, dit tristement celle-ci, Minette sait que je suis méchante, elle a peur que je ne tue aussi son petit enfant.

— Non ! non ! caresse-le, il t'aimera bien, répondit vivement Berthe, qui imposa silence à Minette et usa de toute son influence pour la ramener à des sentiments moins hostiles.

Enfin Antoine plaça au fond du trou qu'il avait creusé le corps du petit chien, qui disparut bientôt sous une épaisse couche de terre recouverte de gazon, si bien qu'il aurait été presque impossible de reconnaître au juste la place où on l'avait mis.

Cependant Finette ne s'y trompait pas, car elle grattait la terre à cet endroit avec une rage désespérée.

Tous les efforts d'Antoine et de Berthe pour emmener la pauvre bête furent inutiles. Ce chagrin, dont elle

était cause, émut si profondément
Nini, qu'elle se remit à pleurer et à
sangloter de plus belle.

Alors Finette, la pauvre Finette,
vint tout doucement se placer à côté
d'elle et lui lécha la main.

— Toi ! toi, ma pauvre bonne bête !
s'écria Nini, à qui cette caresse inspira
peut-être plus de regret de sa faute
que n'auraient pu le faire les plus
sévères reproches.

Elle rendit le petit chat à sa sœur,
et se mit à caresser doucement la tête
de Finette, d'abord d'un air craintif,
presque suppliant.

Et Finette, comme si elle eût compris, fixait sur elle ses grands yeux
intelligents et bons. et semblait lui
dire :

— Tu souffres, tu as du chagrin ; console-toi, je ne t'en veux plus.

Depuis ce jour, Nini et Finette furent très-bonnes amies, car la petite fille, pour réparer sa faute, traitait l'animal avec une douceur et une bonté qui le lui attachaient. Bientôt les autres petits favoris de la maison, les oiseaux, les chats, le gros mouton, voyant qu'elle avait cessé de les tourmenter, apprirent à la connaître, à l'aimer, et ne firent plus de différence entre les deux sœurs.

Mais ce qu'il y eut de bien plus important encore pour l'avenir de Nini, et ce qui causa une véritable joie à ses parents, c'est que non seulement elle cessa de prendre plaisir à tourmenter les animaux, mais elle devint aussi douce, aussi bienveillante, aussi

patiente, qu'elle s'était jusque-là montrée volontaire, taquine et emportée.

Inutile de dire que la pauvre bonne
Finette, cause première de cette heu-
reuse transformation, occupa toujours
une place importante dans les affec-
tions de tous les membres de la famille.

La petite fille et son chat.

Venez ici, Minet, il faut que je vous gronde;
           Avancez près de moi.
On dit que sans pitié vous griffez tout le monde;
           C'est très joli, ma foi!
D'où venez-vous encore avec cet air sauvage
           Et ce poil hérissé?
Auriez-vous de souris fait un nouveau carnage?
           Arrivez-vous blessé?
Ou bien, sur mes cahiers répandant l'écritoire,
           Auriez-vous en courant
Tracé, dans ses détours, une rivière noire
           Sur mon beau papier blanc?
Voyons, répondez-moi, je suis douce personne;
           Dites-moi vos méfaits :
Je ne gronderai pas, Minet, je vous pardonne
           Ces terribles forfaits!
Eh quoi! pas un regard, pas même une caresse!
           Vous êtes un sournois.
Moi qui vantais partout vos tours de gentillesse,
           Votre joli minois!
Que vois-je près de vous rouler dans la poussière?
           Ciel! mon oiseau chéri!

Quoi! vous avez tué d'une dent meurtrière
    Mon charmant favori?
Celui qui m'égayait par son gentil ramage,
    Dont vous étiez jaloux,
A péri tristement enlevé de sa cage;
    Ah! c'en est fait de vous!
Allez, ce trait cruel vous ravit ma tendresse!
    Je voulais pardonner;
Mais mon cœur attristé de votre humeur traîtresse
    Dit qu'il faut condamner.
Fuyez, fuyez bien loin; redoutez ma présence;
    Je ne veux plus vous voir;
Et de ne plus jamais juger sur l'apparence
    Je me fais un devoir.

                (ISABELLE RODIER.)

FIN.

TABLE.

FIN DE LA TABLE.

Limoges. — Impr. EUGÈNE ARDANT et Cⁱᵉ.